돌아보며

Looks back on

발행일	2015년 08월 14일

지은이	김 동 환		
펴낸이	손 형 국		
펴낸곳	(주)북랩		
편집인	선일영	**편집**	서대종, 이소현, 이은지
디자인	이현수, 윤미리내, 임혜수	**제작**	박기성, 황동현, 구성우, 이탄석
마케팅	김회란, 박진관, 이희정, 김아름		
출판등록	2004. 12. 1(제2012-000051호)		
주소	서울시 금천구 가산디지털 1로 168, 우림라이온스밸리 B동 B113, 114호		
홈페이지	www.book.co.kr		
전화번호	(02)2026-5777	**팩스**	(02)2026-5747

ISBN　　979-11-5585-708-3 03810 (종이책)　　979-11-5585-709-0 05810 (전자책)

이 도서의 국립중앙도서관 출판예정도서목록(CIP)은 서지정보유통지원시스템 홈페이지(http://seoji.nl.go.kr)와
국가자료공동목록시스템(http://www.nl.go.kr/kolisnet)에서 이용하실 수 있습니다.
(CIP제어번호 : CIP2015021552)

돌아보며

김동환 에세이

Looks back on

북랩 **book** Lab

목차

looks

Gate to Spring: pictured on April 2002

Before hitting the road···,
"We are facing Spring."

봄을 맞으러 가는 길

이때부터가 시작이 아니었나 한다. 그런데 무슨 길이 기다릴지 몰랐다.

Wandering around at Gumi-city on August 2005

Even though under heavy works,
riding drove me comfortable and relaxed.

자전거가 휴식이라고 기억되던 때,

그래도 평안했다.

Crazy dropping on December 2005

No helmet, no knee guards….
However, that was enough for the
Christmas eve.

어울리지 않는 순간,

그래도 떨어지다!

Freerider: Totalclimber on April 2005

머뭇거리지 않는다고 하여,

절대적으로 용감한 것은 아니다.

그것을 시간이 지나면서 알아가다….

The freerider must not hesitate in front of trails.

Iraq boy: Kim Hae race on April 2006

He is not an Iraq boy.
In an evening,
we talked a lot of things like his
grandfather's Korean war participation.
And we sopped tequila…
Now, is in his country via Iraq.

김해대회, 그는 지금 자기네 나라로 돌아갔다.

'사람은 똑같다, 그러나 자유롭기 위해 태어났다.'는 것을 알려준 사람.

Got ranked 6th on November 2006

카메라 앞에서,
그래도
자전거 탔다는 기록은
남겨야지…

I was between jobs. Nevertheless, ride was ride.The only thing that I was told was my breathing.Couldn't see any trees and any people. I got 6th.

생각의 조각들

Life must be

Composed of fat and flesh
Life needs to be like 삼겹살.
살코기만 있으면 상처받기 쉽고,
비계만 있으면 새로운 것을 받아들이기 힘들다.

철들지 않는 어른스러움

That's my way.

늘…

반 왔다고 생각하라.

이중성

겸손과 당당 사이를 잘 말해주는 단어인 듯하다.

겸손이란 말도 좋고, 당당함도 그렇다. 그러나 그 차이를 잘 모르겠다.

어떨 때 겸손해 보이는지, 또 어떨 때 당당해 보이는지….

비즈니스적 인간관계

내가 이기고 싶은 인간관계.

네 목적지는 어디냐

하루에 천당과 지옥을 여러 번 왔다 갔다 하게 하는 질문.

남을 배려한다는 것

그것이 귀찮은 사람에게는 무관심함이,

그것을 좋아하는 사람에게는 친밀함이 배려일 것이다.

착각 때문에…

인간은 꿈을 가지는 듯하고,
그것을 향해 나아간다고 본다.

그것이 하루를 보내는 유일한 희망일지라도
나쁘지는 아닐 것이다.

가뭄이 지속되는 농토에
먹구름이 지나간다면
비라도 기대할 수 있는 게 아닌가 한다.

약속

오늘 아침이 밝거든
꼭 그 일을 하거라.

돌아보며 Looks back on

최초의 시도는

최고의 절망을 가져온다.

일생 동안 해야 하는 일

지루한 시간을 견디는 일.

돌아보며 Looks back on

책

어떤 책이라도
괜찮았던 책은,

공사장 체(sieve)처럼 나를 탈탈 털어주었다.

장수의 비결

너무 포장하지 않고,
너무 높은 곳을 추구하지 않는 것.

주머니는…

동전 넣으라고 있는 것이다.
그리고 팔짱은 정말 추울 때 끼는 것이다.

비즈니스에서

원하는 것을 정확히 이야기하지 않는 것은,
'나 망하겠소'라고 말하는 것과 진배없다.

처음 시작할 때와

끝날 때 조심하고,
동선(curvature)을 크게 그릴 것!

휩쓸리는 판에서

끝까지 물고 늘어지는 것을 목표로 하되,
마지막 위험한 순간에는 털어버리는 방향으로….

다른 이 앞에서

미사여구를 동원할수록
혼자일 때 더 슬퍼진다.

학문의 과정

이탈리아 물리학의 거장, 엔리코 페르미는 계산을 그렇게 했다.
'다다닥'
그러면서 곧 결과를 숫자로 말했다.

사람들은 어째서 그게 가능한지 궁금해했다.
그런데,
과연 그것을 알아낼 수 있나.

어찌 보면,
현재에서 미래로의 피드백보다는
앞으로 흘러가면서 해버리는 것이 더 맞다고 본다.

페르미의 계산은
페르미만이 할 수 있었다고 생각한다.

一家를 이룬 사람들은

눈이 편안하다.
눈 오고 비 오고,
때로는 하늘이 열리지 않을 것 같은 장마를 지나왔기 때문이다.

'신은 주사위 놀이를 하지 않는다'는

아인슈타인의 이야기는

평화 속에 평화를 깃들게 한다는 이야기라 생각한다.

作今의 時代를 건너가려면

중력가속도($9.8m/sec^2$)를 이기는 방향으로
전속력으로 달려야 한다.

모든 것은

하나로 귀결하고
또 여러 빛깔로 표현된다.

돌아보며 Looks back on

알고 있는 것을

전달한다는 명목으로
다른 사람들을 더 힘들게 하고 있는지도 모른다.

되어지는 대로

계획에 점철된 삶을 살았다.
정확해야 했다는 이야기다.

누군가에게
얽어걸리는 대로 살아보는 것도 괜찮다는 이야길 들었다.
왜, 왼발을 먼저 딛고 오른발을 디뎠는지….

밀물이 밀려왔다가 쓸려갈 때
바닷모래는 어디로 헤엄치게 될지 자신도 모른다.
그게 또 다른 계획이고 실천일 것이다.

Products

끝을 모르고 시작하는 미로찾기처럼
스스로 무엇을 만들어낼지 모르고 가고 있다.

무엇을 만들어낼지 모르긴 하지만,
사람 관계가 그 끝을 말해줄 것이다.
시간의 흐름과 더불어….

삶은 책 속에 있지 않다

그러나, 그 책 속에 있지 않은 현실마저도 시시각각 변한다.

굳이 책을 믿어야 할 이유는 없다만,
책을 믿지 않으려는 태도는
현실을 믿지 않으려는 태도와 같다고 본다.

이론이든 실제든 시시각각 변하기 때문이다.

인간관계

그 밑바닥마저도 같이 갈 수 있는 자만이
같이 갈 수 있다.

원인에 의해

결과가 나오는 것이 아니라
결과가 원인의 조합을 이끌어내는 듯.

귀납적 연역법

결론인지도 모르고 중간에 결론을 냈고,
거기다 살을 붙여가며 살아간다.

귀납적 연역 인생을 살아간다 할 수 있지 않나.

자전거

광고 촬영을 하다가

'다 차려놓고 보니 바닷모래가 없었다.
다들 공사장서 퍼다가 쓰자고 했다.

그런데 촬영기사 한 명만 기어이 제주도서 모래를 가져다 쓰자고 했다.'

자전거 라이딩을 다녀온 날도 그렇다.
왠지 산의 기운이 느껴지고,
귓가에는 바람 소리 지나간 기억이 남는다.

---

* 인용글은 어느 잡지에서 본 글입니다.

저물어간 인연

우연히 한 Climber를 알게 되었다.

음악에 조예가 깊고, 영화를 흠모하였으며, 세상을 어루만지듯 살아가는 사람이었다.

그의 등반에 관한 날카로운 글들은 세간의 관심을 불러일으켰지만,

끝내 알려지는 걸 마다하였고,

사연 깊은 새로 낸 바윗길도 그 이야기가 알려지길 거부했었다.

사회를 보는 눈이 냉철하고 날카로웠던 것만큼 그의 클라이밍 실력은 출중하였다.

어느 눈 오는 저녁, 나는 그에게 '형'으로 부르게 해 달라고 하였다.

그는 여느 남자들처럼, 뭇 여자들에게 관대하였다. 그러나 어느 거리는 두는 듯하였다.

그는 여자들을 대하는 방식과 같이 세상 모든 일을 대하는 듯하였다.

깊이 다가갈 듯하였으나, 끝내는 다가가지 않는.

그 또한 내가 살아가는 방식에 관심이 있는 듯하였다.

내 투박한 글들에 반응을 보였고,

멍청하리만치 우둔한 내 일 처리에 약게 살라고는 하지 않았다.

나는 그의 동굴에 노크를 했다. 형으로 부르게 해 달라는 게 그거였다.

그러나 그는 거절도 승낙도 아닌 대답을 했다. 침묵으로의 대답.

내가 그를 몰랐다면 그의 태도에 불쾌했을 수 있지만,

그의 세상살이를 잘 아는지라 그냥 흘려보냈다.

그의 침묵 속의 그 의미들을….

어느 땐가 그는, 자일 파트너 중에 자전거 타는 사람이 있다 했고,

꽤 유명한 사람이라 했다.

그러고는 마지막 대답이 될지도 모르는 내 질문에 답을 하고는 그만 사라져 버렸다.
가끔 생채기 같은 작은 흔적을 남겼지만,
고요하고 큰 나무 같은 사람으로 그렇게 사라졌다.

오다가다 말 건넬 수 있고,
서로의 밥숟가락이 몇 개인지까지 아는 사이로 발전할 수 있지만,
보이지 않는 곳에서도 그 사람의 존재가 궁금한 경우는 드물다.

내게 그런 사람이 눈앞에서 사라지긴 했지만, 기억 저편에 박혀 있다.
살아 움직이는 채로…

사람은 늘 과거로 갈 수밖에 없는가에 대해 생각해 보았다

라이딩 일지를 적을 때는 늘 과거로 여행하는 형식을 빌려 썼다.
가령 나는 지금 아드레날린 범벅이 된 몸을 이끌고,
차는 적당히 속력을 내고 있고, 그리고 어두운 터널을 헤드라이트를 켜고는
적당한 속력으로 빠져나오고 있다.
그 순간부터 자전거를 차에 싣기 이전까지의 라이딩에 대해 생각하는 것이다.
그리고 집에 가서 뭐 할지에 대해….

대나무 사이로 눈이 펑펑 내린다. 조금 전 도로에서 운전을 하고 있었는데,
윈도 브러시로 눈을 쓸어내기에도 바쁠 정도로 펑펑 내린다.
가로등 멀리 흩뿌리듯이 내리는 습설은 여느 방송국 DJ가 청취자들의
구구절절한 사랑 이야기를 바쁘게 실어 나르기 딱 맞게 내린다.

나는 그것보다 훨씬 과거로 간다. 왜냐하면, 일요일은 거의 라이딩으로 시작해서,
서점의 공짜로 볼 수 있는 잡지를 거쳐, 월요일에 대한 걱정으로 서성거리며 보냈으니까.
오늘은 그런 일요일들을 정리하고 싶었으니까….
가끔 바윗길 위에서 등산객을 만나면 그렇게 물었다. '여기도 자전거로 다니느냐'고….
그러면 거만한 마음으로 상세하게 답하지도 않았다. '그냥 다닙니다.'라고 답할 뿐이었다.
그리고 그들이 다니는 길에서 안전하게 물러났다고 생각하면
여지없이 페달에 두 발을 얹고는 아래로 아래로 향했다.

가끔 정겨운 대구의 사투리가 들린다. '아이고 간 떨리라, 글로 가마 안 되는데…'
그러나 나는 오히려 그들의 마음을 훔쳐보기라도 하듯이 더욱 급히 그 자리를 뜬다.
나도 당당히 이 산의 참가자이며, 다른 방식으로 이 산을 탐험하는 사람이라고….
허영심이란 사람을 모질게 망치는 도구이다.

그러나 독도 잘 쓰면 약이 되듯, 이 허영심도 잘 쓰면 약이 될 것이다.

프리라이더의 허영심은 더 험난한 길을 달리게 하고, 더 높은 곳에서 뛰어내리게 한다.

그래서 뭇 사람들에게 싫은 대접 받는 허영심을 오늘은 기쁜 마음으로 대하기로 한다.

다시 눈이 내린다. 대나무 사이로 살며시….

그러나 내가 산에서, 바위 위에서 거칠게 달리던 때를 기억하는 것과

눈이 내리는 장면은 도저히 연관 지으려야 지을 수 없다.

이건 아마 라이더로서가 아닌 잡설꾼으로 인정받고 싶은 말도 안 되는 허영심일 것이다.

돌아보며 Looks back on

자전거

불붙은 낙엽처럼
아무리 나를 산속으로 내던져도
내일이면 더 어려운 길이 기다릴 것 같다.

그렇지 않으면, 왔던 길이 새롭게 변해있거나….

생각이

살아있음을 알고 싶을 때,
바람이 몹시 부는 날 라이딩을 나갈 때.

돌아보며 Looks back on

bmx

세상이 무작정 힘들어져 가던 때가 있었다.
그때는 경치가 좋은 도로로 달리지도 않았고
더구나 땀 뻘뻘 흘리며 달리지도 않았다.
그저 집에까지 가야겠다는 생각만 했다.

점점 여행의 경로가 짧아져 가고 있었다.
슬플 일이었다.
길을 잘 알아서, 또 일 때문에 경치를 잘라먹어야 했다.
자전거 여행이 작은 경기용 자전거(bmx)처럼 변해가고 있었다.

어느 프리라이더의 고백

이제는
소박한 라이딩을 펼쳐야겠다.
라이딩의 우쭐함도
라이딩의 명분도
일상의 재미와 바꿔치기해야겠다.

돌아보며 Looks back on

오징어잡이 배

눈을 뜨니 환한 집어등에 바다가 비친다.
부산에서 출발한 성산포행 배에는
성탄절을 앞둔 섬사람들이 대부분이었다.

왼쪽에 키 큰 가방을 멘 클라이머
그리고 전자오락을 하던 어린 학생
그렇게 나는 배 난간에 기대서 있었다.

살면서 그런 순간을 얼마나 맞을까
기억나지 않는 데에서 기억나는 데로 가는 순간
그래도 밝은 오징어 배가 눈앞에 펼쳐진다면
점점이 그려지는 장면을 기다려 보는 것도 좋을 것이다.

- 제주도 자전거일주 가던 배에서 -

禁車현상

'엉덩이가 들썩들썩하고, 시야를 확보하면서 적당히 단련된 목이 머리를 지탱하느라 조금 힘들고, 목은 땀으로 적당히 적셔져 있다. 그리고 소나무 뿌리가 조금은 드러난, 적당한 크기의 자갈들이 깔린 굽이친 트레일은, 브레이킹을 할 때 적당히 굵어진 내 팔에 약간의 압박감을 주고 있다.

그래도 나는 팔과 다리를 밀고 당기며, 때로는 쓸리듯이 때로는 감듯이 트레일을 타고 넘는다. 그러면서, 목에서 올라오는 단내를 스스로의 만족감으로 중화시킨다.'

이런 감정을 느껴본 지가 오래되어서 요즘 몸에 스트레스가 계속 쌓인다. 운동을 안 하는 것은 아닌데, 적당한 강도와 난이도 이상의 것을 하지 않을 때는 스트레스가 풀리다 만 수수께끼같이 몸속에 남아있는 듯하다. 적당히 내 몸속을 빠져나가려다가 그냥 멈추는 것처럼…. '너는 운동이 부족해…'라고 말하는 듯하다.

어서 자전거를 재정비해야 할 텐데. 그리고 팔 근육에 압박감을 느낄 정도의 브레이킹을 시켜줘야 할 텐데. 끙끙거리며 무거운 자전거를 중력의 반대 방향으로 끌어올릴 때의 절망감도 맛보게 해줘야 할 텐데….

오늘 밤 앞산의 돌길이 눈에 밟힐지 모르겠다. 혼자서 들썩들썩 굽이친, 그러나 급한 경사의 돌들을 넘으며, 때로는 간이 놀랄 만한 길에서 꿈을 깰지도 모른다.

대구로 오던 휴게소에서

허기가 져서 잠시 들린 휴게소에서
고개를 테이블로 숙이고는 열심히 뭔가를 먹고 있었다.
한참을 먹다가…

건너편에 누군가도 열심히 먹고 있었다.

그는 자전거 여행 중이었다.

어디서 왔느냐고 하니 인천에서 왔다고 했고,
조금 있다 군대에 간다고 했다.

그에게 초코바 두 개를 사 주었다.
배고플 때 꺼내 먹고, 여행 잘 하라고 했다.

가끔 생각난다

제주도를 가로질러 제주항으로 돌아오던 때,
트럭을 얻어 타고 돌아오고 있었다.

왜 그랬는지는 모르지만
모자를 푹 눌러쓰고, 꽁꽁 싸매고는
운전자에게 눈길도 제대로 주지 않았다.

많은 시간이 흐르고 이러저러한 일을 지나오며
이제는 주변에 점점 다가감을 느낀다.

그런데,
가끔 아주 가끔 찾아오는 그 느낌은 지울 수 없다.
제주도를 가로지르던 트럭 안에서의 그 느낌.

자전거

일상

누군가…

10월의 찬 밤공기가 필요하다면
일 때문에 머리가 부글부글한 사람일 것이다.

혼자서 차를 몰고 한적한 곳에 갔다.
뭐 이리 되는 일이 없는지 모르겠다.

트렁크에 마구 굴러다니는 사과 한 개를 베어 물며
고민에 잠긴 채 적고 있다.

시속 40km

잠만 자기에는 일요일이 너무 아까워
샴푸를 뒤집어쓰고 머리에 물을 끼얹고는 밖으로 나왔다.

창을 열어놓으니 가을을 추수하는 논에서 기계와 기름 냄새가 난다.
바람도 세지 않고….

속도를 40km에 걸어놓고, 내 차는 가을 속으로 파묻히고 있다.
억새가 바람에 꺾일 정도로 고개를 구부리고 있다.

노고단 드라이브

이 길이 그 길이구나.
브레이크가 파열된다는 그 길.
산세도 험하고 경치도 좋고, 코너링도 너무 재미있다.

그 순간들을 일일이 기록으로 남기고 싶지만,
지나온 길에 흘려두련다.

눈 참 많이도 온다

그런데 마음이 왜 이리 아픈지 모르겠다.

- 눈 펑펑 오는 밤에 -

그대…

발끝을 쳐다보며 눈물 떨굴 준비를 하지 마라.
피가 아래로 몰리고, 기분이 좋다가도 울고 싶은 마음이 들게끔
얼굴을 아래로 하지 말지어다.

나뭇잎 떨어지는 소릴 듣다

저녁을 먹으려다 차를 몰고 백양사로 향했다. 그냥 마음이 답답할 때 가끔 들리는 백양사, 오늘은 단풍이 가득한 때를 놓쳐서 그냥 한번 가보기로 했다.

조금 걸었다. 달이 너무 크고 환했다. 물 냄새가 비릿하다.

백양사를 향해 걸었다. 아무도 없다. 오른쪽 비탈에서 스스스 소리가 들린다. 나뭇잎 떨어지는 소린가 보다. 큰 달과 곧 떨어질 단풍나무와 춥지 않은 공기만 나와 함께 했다.

我

너른 들판의 바람도 아닌 것 같고,

그렇다고 마구간의 쇠말뚝도 아닌 것 같고….

맑고…

찬 공기 속에 오토바이 휘발유 타는 냄새라….

사람들은 늘···

어디에서 왔다가 어디로 가는 듯하다.

돌아보며 Looks back on

겨울빨래 하는 날

며칠 춥다가
얼음 끝이 살짝 녹아 나가는 날.

이불도 털고, 빨래도 하고, 방 안 묵은 공기도 턴다.

찹쌀풀

찹쌀풀을 쑤어서 오래 두면
곰팡이가 되고 다시 말간 상태로 간다.

감정도 굴곡을 거치면
맑은 감정을 만날 수 있다.

매일
찹쌀풀 한 대야씩 쑨다.

그리고
말갛게 질 때까지 기다린다.

기억을 더듬어간다는 것은

지나온 감정의 선을 되돌아보는 것.
무심히 흘려버린 시간들을 떠올리려면,
감정이 지나간 길을 열심히 더듬는 수밖에 없다.

글

기차가 세상 어디라도 데려다주는 것처럼
글도 나를 어디에라도 데려다줄 것 같다.

내 생각이
세상 어디라도 가게 해줄 것 같다.

하루가 간다

누군가는 긴 하루의 끝에 성토를 하는 사람도 있을 것이고,
또 다른 이는 기쁨의 환호를 들고 집으로 향하는 사람도 있을 것이다.

무엇을 위해 하루라는 시간을 불살랐던가.
단지, 칭찬받기 위함은 아니었을 것이다.

쉼을 위한 불사름도 괜찮다고 생각한다.

붕어빵

학교 정문을 지나 두 번째 사거리에 붕어빵 가게가 둘 있다.
하나는 신호등을 건너기 전이고, 다른 하나는 건너편에 있다.

처음 여기 와서 붕어빵을 사러 가던 날,
신호등을 건너 그분께 갔더니 고단한 모습으로 주무시고 계셨다.
자그마한 키에 힘들어 보이는 아주머니,
평생 고단하게 사신 어머니 생각이 절로 났다.
깨우기가 민망해서, 신호등 건너기 전의 가게로 다시 왔다.
2천 원어치 6개, 덤으로 하나 더 주셨다.
배가 고팠기에 급히 먹어치웠다.

며칠 후 다시 붕어빵을 사러 갔고, 신호등을 건너 그분에게 갔다.

3개 천 원어치만 샀다. 돌아오는 길에 붕어빵을 먹어보았다. 맛이 달랐다.

붕어빵도 연륜이 있다. 신호등 건너기 전의 가게는 주인이 젊은 분이고 가게가 깔끔하다. 이제 막 시작하신 듯한…

신호등 건너편 가게는 주인이 연세도 많으시고, 가게 주위에 덕지덕지 다른 것도 많이 파신다.

예전의 나 같으면 분명히 맛이 별로라도 깨끗한 집을 찾았을 것이다.

휴식이란

아무에게도 알려주지 않을
자신만의 비밀을 만드는 것.

돌아보며 Looks back on

섭렵의 공부

인생에 있어 섭렵의 공부는 끝이 난 것 같다.
사람의 영역을 벗어나는 것은, 거기로부터 맞지 않다는 통고가 왔고,
인간의 인식체계에 대한 철학에의 접근도 하지 않으련다.

사람과 엔지니어링의 경계에 서 있다.
어떻게 이 경험의 산물을 더 발전시킬 것인가가
앞으로의 고민이 될 것이다.

이 귀하디귀한 시간에

너는 이러고 있냐.

MMA(Mixed Martial Arts)

'시간도 부족한데 모든 공부를 해야 하나.'
융합(Convergence)의 시대에 드는 의문이다.

순수한 것은 순수한 것으로 진정성을 가지지만
MMA는 먼저 때리는 것이 이기는 것이란다.
하나를 완벽히 아는 것보다
기초가 충실한 가운데 잘 섞는 것이 맞다고 한다.

융합의 시대는 그런 것 같다.
기초들을 어떻게 잘 섞을 것인가를
끊임없이 훈련해야 하는 시대.

고개 너머

고개 너머 무엇이 있는가 그렇게 보고 싶던 때,
마음은 기갈이 들려 있고,
손과 발은 따라가느라 리듬이 맞지 않았다.

고개 너머 무엇이 있더라도 달라지지는 않을 거라는 생각에 이르자
손과 발이 맞지 않는 일이 드물어졌다.

물을 벌컥벌컥 마실 일도 드물어진 것 같다.

무엇인가 물으러

무엇을 물으러 어떤 사람을 찾아갔다.
커피도 사고, 줄 책도 봉투에 넣고.

그런데 사람이 없다.
밖에서 기다리다 가로수 껍데기를 손으로 뜯었다.

진짜 물으러 왔던 게 맞던가.
이미 어떻게 묻고, 답할 것인가를 마음먹고 있는데….
그러니 그 사람이 자리에 없지.

비만 추적추적 온다.

어른이라는 존재

가르칠 보따리가 커서 어른인가,
주머니가 두둑해서 어른인가.

그렇지 않으면,
오래 기다려주어서 어른인가.

셋 중에 굳이 고르라면
마지막 골라야지….

길

길은 앞으로 가면서 여러 갈래가 된다.
그런데 길을 거꾸로 간다면….

끝을 미리 부여잡아 놓고
여러 갈래를 만들어보는 것이다.

생사가 달린 길이 될까,
유희가 될까.

거꾸로 가는 길은
적어도 낭비하는 유희가 되진 않을 것이다.

쌀과 쌀 빻는 기계

떡방앗간에서 떡을 뽑아본 사람이 모두 그런 것은 아닐 것이다.
쌀과 쌀 빻는 기계의 관계에 대해 심각히 고민을 하는….

찹쌀은 찹쌀떡을 만들어내고,
멥쌀은 그냥 떡을 만들어낸다.
그런데 기계가 없으면 만들 수 있나.

쌀 만드는 사람은 쌀이 중요하고,
쌀 가는 사람은 기계가 중요하다.

사실 둘 다 중요하다.
쌀과 기계 다 돌보는 사람이
좋은 떡 뽑아낼 수 있다.

돌아보며 Looks back on

Internet

이메일을 처음 쓸 때 정말 신기했다.
저 멀리 있는 사람에게 돈 한 푼 안 들이고 내 생각을 전달한다는 것이….

그런데,
인터넷은 나를 점점 더 동굴 속으로 밀어 넣고 있다.
밖으로 나와 웃고 떠들고 하는 게 점점 귀찮아지기 때문이다.

진짜 대화를 하고 싶은 거다.
인터넷에서 사는 시간이 더 늘어날수록….

여유

오랜만에 비 온다.

빗방울이 아스팔트에 점점 가까이 다가갈 때
그들은 불안할까.

시간이 없다.
그들이 아스팔트라는 벽을 피할 시간이….

피하고 싶은 순간이 많았다.
부닥치는 길 외에는 고를 것이 없는 순간이 많았다.

몇 해가 흐르고
이제는 그런 순간이 다시 찾아와도
마치 영화처럼 건너뛸 것이다.
빗방울이 아스팔트에 부닥치기 전에도
꽤 긴 시간이 있음을 알아가다.

아지트

도서관에 남들이 잘 모르는 공간이 있었다.
오래된 책들이 쌓여있고, 가끔 곰팡이 냄새도 나는 그런 곳이었다.

그런데,
그 아지트와 책들과 시험은
나를 생소한 곳으로 데려다주었다.

적어도 지금이라는 시간으로 나를 데려가 주었다.

놀람

익숙한 광경이 갑자기 생소해질 때
시간은 간다고 말한다.

성숙, 세월감이 아니라
jumping 같은 시간의 흐름이 있다.

내가 겪을 수 있다고 생각하는 일들보다
아주 먼 미래를 보아 버렸을 때
사람은 서두르게 된다.

서둘러야겠다.
내가 생각했던 것보다 더 시간이 가 버렸다.

동네 꼼장어집에서

노트를 펴놓고 휘적휘적 쓰고 있다.
가끔 배춧국을 떠먹기도 하고….

가끔 이렇게 생각을 정리하는 것이 습관이 되어가는 듯.
혼자서 마시는 나도 술을 가져다주는 분도 어색하지 않다.

이렇게라도 정리하면서 가야지.
일일이 만나고 정리하기에는
그들도 나도 바쁘다.

이제는 더 외로워지는 듯
예전의 외로움은 지금보다 더 핑계가 될 것 같다.

막걸리 한 통 끼고

늦게 다시 학교에 다니고 있었다.
속을 터놓을 사람이 없어 막걸리를 옆에 끼고 냇가에 갔다.

막내는 모르지만
막내를 두고 고민을 꽤 했었다.

내 일이 더디 가기 때문에, 그 또한 더디 가는 건 아닌지에 대한.

며칠 전 동생이 결혼한다는 소릴 들었다.
그런데 막걸리 옆에 끼고 냇가에 간 그 밤에서야 마음이 놓였다.

막걸리 한 통 다 마셔갈 즈음
냇물 소리가 들렸다.

선착장에서

목포 선착장에 갔었다.
내 기억 속 그곳은 육지의 끝이었다.

이런 기억들은 삶의 확장성을 만들어주었다.

원래 자리로 돌아갔을 때
더구나 힘들고 지쳐 꽉 막힌 느낌이 들 때
'거기 갔다 왔었지' 이런 기억을 던지게 했다.

글

고민 많던 새벽에
글이 점점 쌓여갔다.

한꺼번에 찾아오던 곤란함 때문이었으리라.

이제 글 조금 나와도 좋으니
일이 하나씩 왔으면 좋겠다.

망설임

현재가 과거를 부를 때 망설이는 것은
어느 기억을 부를까 고르는 순간이다.

고민의 순간에는 고민을 부를 것이고
기쁨의 순간에는 기쁨을 불러낼 것이다.

그런데 지나온 길이
고민으로 기쁨으로 치우치지 않은 것은
과거를 부를 때 망설임을 적게 할 것이다.

돌아보며 Looks back on

감각이 무디어져 가다

이제 감각이 점점 무디어져 간다.
예전 비 오던 날은, 감정이 살아있는 듯하여
손으로 셀 수 있을 듯하였다.

그런데,
이제는 두꺼운 시멘트 아래 깔린 흙처럼
얕게 움직이는 것도 힘들어져 간다.

아무리 고매한 것이라도

시간이 지나면 바래게 마련이다.

더구나
삶을 살아가는 능력도 시간이 지나면
평균 이하로 떨어질 것 같다.

올라갈 때 쌓은 실력을 가지고
짧게 주어진 시간 동안
주위에 감사드리며
삶을 산 이유를 남겨야 할 것이다.

내가 나를 끌어올리다

이제 그만해야겠다.
혼자만의 시간 여행.

사람 사이에 살아서 사람이긴 하지만
왜 세상에 왔는가를 남겨야 할 때가 온 것 같다.

아무에게도 향하지 않는
나를 향한 진짜 여행은
내가 나임을 알아가는 여행을 벗어나는 길일 것이다.

내가 누구인가, 어디서 왔는가를 알아가는 것은
내게는 머나먼 이야기 같아서이다.

Back on

Jumping with sadness; May 2007

I lost most of all,
that was my bike and my grandfather….

돌아보면, 철이 없을 때…
이러저러한 일들로 사람은 성숙해가는 듯….

Back to race, Kumsan, August 2007

Back to free from tiresome
지루한 일상에서,
섬세한 라이더로 돌아가던!

How do I dropping down? Daejeon, October 2007

Needs courage before dropping!! Pedaled it and jumped out of my frustration.

새로운 일을 시작하는 것은 비슷하다. 겁이 나고 또…
해야 할 일은 겁을 밀쳐내는 것이다.

돌아보며 Looks back on

For honor, Compactly decorated, 2008

Extraordinary results come with flowers both for bikes and lives!

가끔,
'무슨 일을 하고 있지'
하는 순간이 있다.
그건 결과물이 말해 준다.

From start, Banyawoel of Daegu city, May 2009

8 years have passed since⋯.

아직 덜 익은, 자전거 생활.

돌아보며 Looks back on

Go get it developed!! Muju resort, May 2010

Getting back to the basic!

처음으로 돌아가야겠다고 생각했던 때,

힘이 점점 붙어가다.

Come with poem, June 2012

Focusing on one is way to live and ride longer!

라이딩,
다 잘하려고 하니 힘들었다.

돌아보며 Looks back on

Connected to the **origin**

continued···.

이야기는, 끝이 나지 않을 것이다.